Perdu dans la forêt

Marc Levy

Le Petit Voleur d'ombres

Tome 2

Perdu dans la forêt

Illustrations de Fred Bernard

R JEUNESSE

Robert Laffont | Versilio

MIXTE
Papier issu de
sources responsables
FSC® C003309
FSC
www.fsc.org

L'Éditeur de cet ouvrage s'engage
pour la préservation de l'environnement
et utilise du papier issu de forêts gérées de manière responsable.

Loi n° 49-956 du 16 juillet 1949
sur les publications destinées à la jeunesse

ISBN : 978-2-221-24629-0
ISSN : 2497-8949

N° éditeur : 59514/01 – Dépôt légal : novembre 2019

Composition et mise en pages Nord Compo à Villeneuve-d'Ascq

Imprimé en France par PPO Graphic 91120 Palaiseau

Une personne bien élevée
ne marche pas sur l'ombre de son voisin.

Proverbe chinois

Moi

Maman

Marquès

La directrice

Mme Schaeffer

Élisabeth

Luc

Yves, le gardien

Papa

Mme Henry

Le prof de sciences

Cléa

Une peur bleue

J'ai cru que toute ma vie allait changer après le départ de mon père, mais ça n'a pas été le cas.

Papa rentrait souvent tard du bureau et j'avais pris l'habitude de passer mes soirées en tête à tête avec ma mère. Bien sûr, nos promenades du samedi à vélo me manquaient, je les remplaçai par les dessins animés que maman me laissait regarder pendant qu'elle lisait. Le dimanche, nous allions même partager un hamburger au restaurant du coin et nous nous promenions ensuite dans les rues. Les boutiques étaient fermées, mais maman ne semblait pas s'en rendre compte. (Si elle n'avait pas envie de faire des courses c'était sûrement qu'elle avait meilleur moral).

À l'heure du goûter, elle me proposait toujours d'inviter des copains à la maison. Je haussais les épaules et lui promettais de le faire un autre week-end, je n'avais aucun copain à inviter mais je ne voulais pas le lui dire.

Il avait plu tout le mois d'octobre. Les marronniers avaient perdu leurs feuilles et les oiseaux se faisaient rares sur les branches dénudées. Et puis leur chant s'est envolé avec eux, l'hiver n'allait plus tarder.

Chaque matin, je guettais l'apparition d'un rayon de soleil, mais il me fallut attendre la mi-novembre pour qu'il perce enfin la couche des nuages.

Dès que le ciel est redevenu bleu, notre professeur de sciences naturelles a organisé une sortie en plein air. Il ne restait que quelques jours pour aller collecter de quoi fabriquer un herbier digne de ce nom.

Un autocar loué par le collège nous a déposés en lisière de la forêt qui borde notre petite ville. Nous voilà, la classe de sixième C au grand complet, les pieds dans l'humus et la terre glissante pour ramasser toutes sortes de végétaux, feuilles, herbes hautes et mousses aux couleurs changeantes. Marquès menait la marche, on aurait dit un sergent-chef. Les filles de la classe faisaient tout pour attirer son attention, tandis que lui ne quittait pas Élisabeth des yeux. À l'écart des autres, elle paraissait ne pas s'en rendre

compte, mais je n'étais pas dupe et j'ai compris, déçu, qu'elle en était bien contente.

M'étant attardé au pied d'un grand chêne où poussait une amanite au chapeau digne de coiffer la maison d'un Schtroumpf, je me suis retrouvé à la traîne et isolé du groupe. Autrement dit, j'étais perdu.

J'entendais au loin notre professeur crier mon prénom, mais impossible de repérer d'où provenaient ses appels. En essayant de rejoindre la classe, j'ai très vite constaté une chose évidente : soit la forêt était sans fin, soit je tournais en rond. J'ai levé la tête vers les cimes des érables, le soleil déclinait et, là, j'ai commencé à avoir vraiment la trouille.

Tant pis si l'on se moquait de moi, j'ai hurlé de toutes mes forces. Les copains devaient être loin, car personne n'a répondu à mes appels au secours.

Assis sur la souche d'un chêne, je me suis alors mis à penser à ma mère. Qui lui tiendrait compagnie le soir si je ne rentrais pas ? Est-ce qu'elle allait croire que j'étais parti comme papa ? Jamais elle ne me pardonnerait de l'avoir abandonnée, surtout au moment où elle avait le plus besoin de moi. Mince, j'aurais dû penser à ça avant de rêvasser devant ce stupide champignon…

— Mais qu'est-ce que tu fiches, imbécile ?!

C'était bien la première fois depuis la rentrée que j'étais content de voir la tête de Marquès ! Elle avait apparu entre deux hautes fougères.

— Le prof de sciences est dans tous ses états, je lui ai dit que j'allais te retrouver.

Quand on va à la chasse, mon paternel n'arrête pas de me dire que j'ai un don pour dénicher le mauvais gibier. Je vais finir par croire qu'il a raison. Tu te dépêches, oui ! Tu devrais voir ta tête, je suis sûr que si j'avais attendu encore un peu je t'aurais surpris en train de pleurer comme une mauviette.

Pour me balancer ces bonnes paroles, Marquès avait collé son visage si près du

mien que je pouvais sentir les relents de son chewing-gum. Il s'est redressé et m'a donné un coup sur le bras.

— Alors, on y va ou tu préfères passer la nuit ici ?

Je me suis levé sans rien dire et je l'ai laissé avancer de quelques pas.

C'est lorsqu'il s'est éloigné que je me suis rendu compte que quelque chose clochait. L'ombre que je traînais derrière moi devait mesurer un bon mètre de plus que la normale et celle de Marquès était toute petite, si petite que j'en ai déduit qu'il ne pouvait s'agir que de la mienne.

Si, après m'avoir sauvé, Marquès découvrait que j'en avais profité pour lui piquer son ombre, ce ne serait plus mon trimestre mais toute ma scolarité qui serait foutue, et pas besoin d'être super-doué

en calcul mental pour savoir que ça représenterait un paquet de journées à vivre un cauchemar éveillé.

Je l'ai suivi aussitôt, bien décidé à ce que nos ombres se recouvrent à nouveau pour que tout redevienne normal, comme avant, avant que papa ne quitte la maison. Tout ça n'avait aucun sens, on ne confisque pas l'ombre de quelqu'un comme ça ! Et c'était pourtant bien ce qui venait de se produire, pour la deuxième fois. L'ombre de Marquès s'était superposée à la mienne et lorsqu'il s'était éloigné de moi, elle était restée accrochée au bout de mes pieds. Mon cœur battait la chamade, j'avais les jambes en coton.

Nous avons traversé la clairière vers le chemin où le professeur de sciences naturelles et les copains nous attendaient.

Marquès a levé les bras au ciel en signe de victoire, il avait l'air d'un chasseur et moi du trophée qu'il traînait derrière lui. Le professeur nous a fait de grands signes, pour qu'on se dépêche. Le bus attendait. Je sentais que j'allais encore en prendre pour mon grade. Les copains nous dévisageaient et je devinais les moqueries dans leurs regards. Au moins, ce soir-là, ils auraient une autre histoire à raconter chez eux que les problèmes de couple de mes parents.

Élisabeth était déjà assise dans le bus, à la même place qu'à l'aller. Elle ne regardait même pas par la vitre, ma disparition n'avait pas dû beaucoup l'inquiéter. Le soleil glissait un peu plus vers la ligne d'horizon, nos ombres s'effaçaient petit à petit, devenant presque invisibles. Tant mieux, personne ne remarquerait ce qui s'était passé dans la forêt.

Je grimpai dans le bus, l'air penaud. Le prof de sciences m'a demandé comment j'avais fait pour me perdre et m'a confié que je lui avais fichu une peur bleue, mais il avait l'air content que tout se soit bien terminé, on en resterait donc là. Je suis allé m'asseoir sur la banquette du fond et je n'ai plus dit un mot de tout le retour. De toute façon, je n'avais rien à dire, je m'étais perdu, voilà, ça arrive aux meilleurs.

J'avais vu à la télévision un documentaire sur des alpinistes expérimentés qui s'étaient égarés dans la montagne, et moi je n'ai jamais prétendu être un randonneur expérimenté.

Lorsque je suis arrivé à la maison, maman m'attendait dans le salon. Elle m'a pris dans ses bras et m'a serré très fort, presque trop fort à mon goût.

— Tu t'es perdu ? dit-elle en me caressant la joue.

Elle devait être reliée par talkies-walkies avec la directrice de l'école, c'était pas possible autrement que les informations à mon sujet circulent aussi vite.

Je lui ai expliqué ma mésaventure, elle a tenu absolument à ce que je prenne un bain chaud. J'avais beau lui répéter que je n'avais pas eu froid, elle ne voulait rien entendre. À croire que ce bain allait nous laver de tous les soucis qui s'étaient abattus sur nos vies : pour elle le départ de papa et pour moi l'arrivée de Marquès.

Pendant qu'elle me frictionnait les cheveux avec un shampoing qui piquait les yeux, j'ai été tenté de lui parler de mon problème avec les ombres, mais je savais qu'elle ne me prendrait pas au sérieux, elle m'accuserait encore d'inventer des histoires, alors j'ai préféré me taire

en espérant qu'il ferait mauvais temps le lendemain, les ombres resteraient ainsi voilées par la grisaille du ciel.

Au dîner, j'ai eu droit à du rosbif et à des frites. Je devrais penser à me perdre plus souvent en forêt…

La boulangerie Shakespeare

Maman est entrée dans ma chambre à 7 heures du matin. Le petit déjeuner était prêt, je n'avais plus qu'à faire ma toilette, à m'habiller et à descendre au plus vite si je ne voulais pas être en retard. En fait, j'aurais bien aimé arriver en retard à l'école, j'aurais même adoré ne plus y aller du tout. Maman a ajouté qu'il allait faire très beau, et ça l'a mise de bonne humeur. J'ai entendu ses pas dans l'escalier et je me suis enfoui aussitôt sous ma couette. J'ai supplié mes pieds d'arrêter de n'en faire qu'à leur tête, je les ai suppliés de ne plus voler d'ombres et surtout de rendre la sienne à Marquès dès que possible. Bien sûr, parler à ses doigts de pieds en se réveillant ça peut paraître bizarre, mais il faut un peu se mettre à ma place.

Je marchais vers l'école en réfléchissant à mon problème. Pour rendre son ombre à son propriétaire, il fallait que la mienne la recouvre à nouveau ; ce qui signifiait aussi que je devais trouver un prétexte pour m'approcher de Marquès et lui adresser la parole.

La grille de l'école était à quelques mètres, j'inspirais un grand coup avant d'entrer. La brute était assise sur le dossier d'un banc, entouré des copains qui l'écoutaient raconter ses histoires. Marquès était en pleine campagne pour l'élection du délégué de classe.

J'avançai vers le groupe. Il avait dû sentir ma présence car il s'est retourné et m'a lancé un sale regard.

— Qu'est-ce que tu veux ?

Les autres guettaient ma réponse en retenant leur souffle.

— Te remercier pour hier, ai-je dit en balbutiant.

— Eh bien c'est fait, maintenant tu peux aller jouer aux billes, m'a-t-il répondu tandis que les copains ricanaient.

J'ai ressenti alors une force dans mon dos, qui m'a poussé à faire trois pas vers lui au lieu de partir comme il m'en avait donné l'ordre.

— Quoi encore ? a-t-il demandé presque en hurlant.

Je jure que ce qui s'est passé ensuite n'était pas du tout prévu, que je n'avais pas réfléchi une seconde à ce que j'allais pourtant dire d'une voix si ferme et si tranquille que j'ai été le premier surpris.

— J'ai décidé de me présenter à l'élection du délégué de classe, je préférais que les choses soient claires entre nous !

La force me poussait maintenant en sens inverse, cette fois en direction du préau vers lequel j'avançais, comme un soldat, droit dans ses bottes.

Pas un bruit derrière moi. Je guettais des ricanements, quand soudain la voix de Marquès s'est fait entendre.

— Alors, c'est la guerre ! a-t-il dit. Tu vas le regretter.

Je ne me suis pas retourné.

Élisabeth, qui ne s'était pas mêlée au groupe, a croisé mon chemin. En passant à ma hauteur elle m'a chuchoté que Marquès l'énervait, puis elle s'est éloignée faisant comme si de rien n'était. J'ai estimé que ma durée de vie n'irait pas au-delà de la prochaine récréation.

Et, à la récréation, le soleil était juste au-dessus de la cour. Je regardais les élèves qui commençaient une partie de basket, quand j'ai vu s'allonger devant mes pieds ce que je craignais tellement. Non seulement mon ombre était trop grande pour être la mienne, mais même moi je ne me sentais plus tout à fait comme avant. Combien de temps avant que quelqu'un s'en aperçoive et me dénonce ? Que m'arriverait-il si l'on découvrait ce secret ? Pire encore, si Marquès l'apprenait ? Il faudrait que je sois le plus discret possible, alors j'ai regagné le préau.

Luc, le fils du boulanger, qui s'était cassé la cheville pendant les vacances et portait encore une attelle, m'a fait signe de venir le rejoindre. Je me suis assis près de lui.

— C'est drôlement gonflé, ce que tu viens de faire.

— Plutôt suicidaire, tu veux dire, et puis je n'ai aucune chance.

— Si tu veux gagner, tu dois changer d'état d'esprit. Rien n'est jamais perdu d'avance, il faut avoir la volonté d'un

vainqueur pour avoir ses chances, c'est mon père qui dit ça. Et puis je suis pas d'accord avec toi. Je suis sûr que, sous leurs airs de bons copains, il y en a plus d'un dans la classe qui ne le supporte pas.

— Qui ça ?

— Ton rival, de qui veux-tu que je parle ? En tout cas, tu peux compter sur moi, je suis de ton côté.

Cette petite conversation de rien du tout était la plus belle chose qui me soit arrivée depuis la rentrée. Ce n'était encore qu'une promesse, mais la seule idée d'avoir enfin un copain de mon âge suffisait à me faire oublier tout le reste, la guerre que m'avait déclarée Marquès, mon problème avec les ombres et, pendant quelques instants, j'en oubliais même que papa n'était plus à la maison pour que je lui raconte tout ça.

Le mercredi, la fin des cours était à 3 heures et demie de l'après-midi. Après avoir inscrit mon nom sur la liste des candidatures punaisée sur un tableau en liège près du bureau de la directrice (j'avais remarqué à ce sujet que mon nom était le seul à figurer sous celui de Marquès), j'ai repris le chemin de la maison, en proposant à Luc de le raccompagner chez lui puisque nous habitions dans le même quartier.

Nous marchions l'un à côté de l'autre sur le trottoir, et je craignais que Luc se rende compte que quelque chose clochait avec nos ombres, la mienne s'étirait bien plus loin que la sienne alors que nous faisions presque la même taille. Mais il ne prêtait aucune attention à nos pas, peut-être à cause de son attelle qui le complexait. Les élèves l'appelaient capitaine Crochet depuis le jour de la rentrée.

En passant à la hauteur de la boulangerie, il m'a demandé si un pain au chocolat me ferait plaisir. Je n'avais pas assez d'argent de poche pour m'en offrir un, ce qui n'était pas grave, j'avais dans mon cartable un sandwich à la confiture préparé par maman, ce serait tout aussi bon et on pouvait se le partager. Luc a éclaté de rire et m'a dit que sa mère n'avait pas l'habitude de lui faire payer ses goûters. Puis il m'a montré fièrement la devanture de la boulangerie. Sur la vitrine, en lettres joliment peintes à la main, on pouvait lire « Boulangerie Shakespeare ».

Et devant mon air ahuri, il m'a rappelé que son père était boulanger et que ça tombait bien parce que la « Boulangerie Shakespeare », c'était justement celle de ses parents.

— Tu t'appelles vraiment Shakespeare ?

— Oui, vraiment, mais aucun lien de parenté avec le père d'Hamlet, c'est juste un synonyme.

— Homonyme ! ai-je repris.

— Si tu veux. Bon, on le mange, ce pain au chocolat ?

Luc a poussé la porte du magasin. Sa maman était ronde comme une brioche et souriante. La maman de Luc a une voix chantante, une voix qui vous met tout de suite de bonne humeur, et une façon de parler qui vous fait sentir que vous êtes le bienvenu.

Elle nous a proposé de choisir entre un pain au chocolat ou un éclair au café et, avant que nous ayons eu le temps de prendre une décision, elle nous a offert les deux. J'étais gêné, mais Luc m'a dit que son père en fabriquait toujours trop et que, de toute façon, ce qui ne serait pas vendu en fin de journée serait bon pour la poubelle, alors autant ne pas gâcher. Nous avons dévoré notre goûter sans discuter.

Après cela, la maman de Luc lui a demandé de garder le magasin, le temps qu'elle aille chercher la nouvelle fournée de pains dans l'atelier.

Ça me faisait un drôle d'effet de voir mon copain assis sur le tabouret derrière la caisse. Il avait l'air si sérieux tout à coup. Soudain, le soleil en passant par la vitrine a projeté l'ombre de Luc sur le sol et, sans que je comprenne pourquoi, je l'ai vu en habit d'adulte, il semblait avoir vingt ans de plus…

Maman me dit souvent que j'ai l'imagination galopante. J'ai fermé les yeux et, étrangement, je me suis vu aussi entrer dans cette boulangerie, j'avais une petite barbe, comme papa quand il ne se rasait pas le week-end, et je tenais une sacoche à la main. Peut-être que, quand je serai grand, je serai médecin ou comptable ; les comptables aussi portent des sacoches. C'était comme si je regardais un film à la télévision. Je me voyais avancer vers le présentoir. Je commandais un pain au chocolat quand j'ai reconnu mon vieux copain d'école. Je ne l'avais pas revu depuis toutes ces années, on tombait dans les bras l'un de l'autre et on partageait un éclair au café et un pain au chocolat en souvenir du bon vieux temps.

Un nuage a obscurci le ciel, les ombres ont disparu et tout est redevenu normal.

Je crois que c'est dans cette boulangerie, en regardant mon copain Luc jouer au caissier, que j'ai pris conscience pour la première fois, qu'un jour je deviendrai un homme, comme mon père. Et, pour la première fois aussi, je n'ai plus eu envie de quitter mon enfance, plus du tout envie d'abandonner ce corps que je trouvais jusque-là trop petit. Je me sentais vraiment bizarre depuis que j'avais piqué l'ombre de Marquès, il devait y avoir des effets secondaires à ce pouvoir magique et cela ne m'a pas plu du tout.

Quand la mère de Luc est remontée du fournil avec une grille de petits pains chauds qui sentaient drôlement bon, Luc lui a dit qu'il n'y avait eu aucun client.

Elle a soupiré en haussant les épaules, a arrangé les petits pains sur l'étagère de la vitrine et nous a demandé si nous n'avions pas des devoirs à faire. J'avais promis à maman de finir les miens avant son retour, j'ai remercié encore Luc et sa mère et j'ai repris le chemin de la maison.

Au carrefour, j'ai déposé mon sandwich sur un muret, pour le goûter des oiseaux ; je n'avais plus faim et je ne voulais surtout pas vexer maman en lui laissant croire que ses goûters étaient moins bons que les gâteaux de madame Shakespeare.

Le ciel était tout bleu. Devant moi, l'ombre s'était encore allongée. Je rasais les murs, de peur de croiser un autre copain.

Arrivé à la maison, j'ai foncé dans le jardin pour étudier le phénomène de plus près. Papa dit que pour grandir, il faut apprendre à affronter ses peurs, les confronter à la réalité. C'est ce que j'ai tenté de faire.

J'ai passé toute la fin de l'après-midi à observer ma nouvelle ombre. C'était vraiment bizarre mais pas désagréable. Je n'avais plus peur d'elle, comme si j'avais fini

par l'apprivoiser. Au bout d'un moment j'ai même eu l'impression d'être devenu un autre petit garçon, un peu plus grand, un peu plus fort, un peu plus sûr de lui. Et quand le soleil est passé derrière la colline, je me suis senti un peu plus seul et presque triste.

Après un dîner vite expédié, mes devoirs étaient faits et maman regardait son feuilleton préféré (elle avait décrété que la vaisselle attendrait), j'ai pu m'échapper au grenier sans même qu'elle s'en rende compte. J'avais une idée en tête.

ML

L'ombre d'un grand

Là-haut, dans les soupentes, il y avait une grande lucarne, ronde comme la pleine lune, et la lune était parfaitement pleine ce soir-là. Il fallait à tout prix que je comprenne ce qui m'arrivait. C'est fou de marcher sur l'ombre de quelqu'un et de repartir avec. Puisque maman me dit que j'ai trop d'imagination, j'ai décidé d'aller vérifier ça au calme et le seul endroit où j'y suis vraiment, c'est dans le grenier.

Le grenier, c'était mon monde à moi. Mon père n'y allait jamais, c'est trop bas de plafond, il se cognait toujours la tête et ça lui faisait dire des mots terribles, du genre « crotte » ou « merde ». Parfois les deux en une seule phrase. Moi, si j'en avais dit un seul, je me serais fait sérieusement gronder, mais les adultes ont droit à des tas de trucs qui nous sont interdits. Bref, dès que j'ai été capable de grimper au grenier, mon père m'a envoyé à sa place et j'étais ravi de lui rendre ce service. Pour être honnête, au début le grenier me fichait la trouille, parce qu'il était très sombre, mais, plus tard, ça a été tout le contraire. J'adorais me faufiler au milieu des malles et des vieilles boîtes en carton.

Dans l'une d'elles, j'avais découvert une collection de photos de maman quand elle était très jeune. Maman est toujours jolie mais, là, elle était carrément belle. Et puis,

il y avait la boîte qui contenait les photos du mariage de mes parents. C'est fou comme ils avaient l'air de s'aimer ce jour-là.

En les regardant, je me suis demandé ce qui s'était passé : comment tout cet amour avait pu disparaître ? Et, surtout, où il était parti ? L'amour, c'est peut-être comme une ombre, quelqu'un le piétine et part avec. Peut-être que trop de lumière, c'est dangereux pour l'amour, ou alors c'est le contraire, sans lumière, l'ombre d'un amour s'efface et finit par s'en aller.

J'ai piqué une photo dans l'album rangé au grenier : papa tient la main de maman devant la mairie. Maman a le ventre un peu rond, du coup, je suis un peu là moi aussi. Autour de mes parents, il y a des oncles et des tantes, des cousins et des cousines que je ne connais pas et tout le monde a l'air de s'amuser. Peut-être que je me marierai un jour moi aussi, avec Élisabeth, si elle est d'accord, si je prends quelques centimètres de plus, disons une bonne trentaine.

Dans le grenier, il y avait aussi des jouets cassés, tous ceux que je n'avais pas été capable de remonter après avoir étudié de près comment ils avaient été fabriqués. Bref, au milieu du bric-à-brac de mes parents, je me sentais dans un autre univers, un univers à ma taille. Mon monde à moi se trouvait dans ma maison, mais sous les toits.

Me voilà face à la lucarne, je me tiens bien droit pour regarder la lune se lever, elle est toute ronde et sa lumière se pose sur les planches du grenier. On voit même flotter dans l'air des particules de poussière, ça donne un côté magique au lieu, c'est si

calme ici. Un peu plus tôt, avant le retour de maman, j'étais allé dans l'ancien bureau de papa pour y chercher tout ce que je pouvais lire sur les ombres. J'avais trouvé la définition de l'encyclopédie un peu compliquée, mais grâce aux illustrations j'avais appris pas mal de trucs sur la façon de les faire apparaître, de les déplacer ou de les orienter. Mon stratagème devait fonctionner dès que la lune serait dans l'axe. Je guettais avec impatience le moment où elle serait bien en face de moi, en espérant que cela arrive avant la fin de la série télé de maman.

Enfin, ce que j'attendais s'est produit. Droit devant moi, j'ai vu l'ombre s'étirer sur les lattes du grenier. J'ai toussoté, pris mon courage à deux mains, et j'ai dit d'une voix franche ce dont j'étais désormais certain.

— Tu n'es pas mon ombre !

Je ne suis pas fou et j'avoue avoir eu sacrément peur quand j'ai entendu l'ombre me répondre dans un murmure.

— C'est vrai.

Silence de mort. Alors j'ai poursuivi, la bouche sèche et la gorge serrée.

— Tu es l'ombre de Marquès, c'est ça ?

— Oui, a-t-elle soufflé à mes oreilles.

Quand une ombre s'adresse à moi, c'est un peu comme lorsqu'on a une musique dans la tête, il n'y a pas de musicien mais on entend de façon aussi réelle que si un orchestre imaginaire jouait tout près de soi. Ça fait le même effet.

— Je t'en supplie, ne dis rien à personne, a supplié l'ombre.

— Qu'est-ce que tu fais là ? Pourquoi moi ? ai-je demandé, inquiet.

— Je me suis évadée, tu ne t'en es pas douté ?

— Pourquoi tu t'es évadée ?

— C'est insupportable, je n'en peux plus. Déjà, quand Marquès était petit c'était pénible, mais plus il grandit et moins je le supporte. Les autres ombres se moquent de moi. Si tu savais la chance qu'a la tienne, toi tu es différent.

— Je suis différent ?

— Oublie ce que je viens de dire. Les autres ombres affirment qu'on n'a pas le choix, qu'on est l'ombre d'une seule personne, et pour toujours. Il faudrait que cette personne change pour que notre sort s'améliore. Avec Marquès, autant te dire que le futur qui m'attend n'est pas très joyeux. Tu imagines ma surprise quand j'ai senti que je pouvais me détacher de lui, alors que tu étais à ses côtés ? Tu as un pouvoir extraordinaire, je n'ai pas réfléchi, c'était le moment ou jamais de me faire la belle. J'ai un peu profité de ma taille, à force d'être l'ombre de Marquès, j'ai des excuses. J'ai poussé la tienne pour prendre sa place.

— Et mon ombre, t'en as fait quoi ?

— À ton avis ? Il fallait bien qu'elle se raccroche à quelque chose, elle est repartie avec mon ancien propriétaire. Elle doit faire une sale tête en ce moment...

— C’est dégueulasse, ce que tu as fait à mon ombre ! Dès demain, je te rends à Marquès et je la récupère.

— Je t’en prie, laisse-moi rester avec toi ! Je voudrais savoir ce que ça fait d’être l’ombre de quelqu’un de bien.

— Je suis quelqu’un de bien ?

— Tu peux le devenir.

— Non, c’est impossible que je te garde, les gens vont finir par se rendre compte que quelque chose ne va pas.

— Les gens ne font déjà pas attention aux autres, alors à leurs ombres… Et puis, c’est dans ma nature de rester dans l’ombre. Avec un peu d’entraînement et de complicité nous finirons bien par y arriver.

— Mais tu mesures au moins trois fois ma taille !

— Ce ne sera pas toujours le cas, ce n'est qu'une question de temps. Disons que jusqu'à ce que tu grandisses, tu devras toi aussi rester un peu dans l'ombre, mais dans quelques années, c'est moi qui t'entraînerai vers la lumière. Réfléchis, c'est un sacré avantage d'avoir l'ombre d'un grand. Sans moi, tu ne te serais jamais présenté aux élections du délégué de classe. À ton avis, qui t'a donné confiance en toi ?

— Attends, tu veux dire que c'est toi qui m'as poussé ?

— Qui d'autre ? a répondu l'ombre.

Soudain, j'ai entendu la voix de ma mère me demander, du bas de l'échelle qui grimpe au grenier, avec qui je pouvais bien discuter. Je lui ai répondu sans réfléchir que je parlais avec mon ombre, évidemment, elle a répliqué que je ferais mieux d'aller me coucher, au lieu de dire des âneries. Les adultes ne vous croient jamais quand vous leur confiez des choses sérieuses.

L'ombre a haussé les épaules, j'ai eu l'impression qu'elle me comprenait.

— Imagine tout ce que nous pourrions faire ensemble, a-t-elle murmuré.

Je me suis éloigné de la lucarne et elle a disparu.

Le mauvais gibier

J'ai fait un rêve vraiment étrange cette nuit-là. Je partais à la chasse avec mon père et, même si je n'aime pas ça, j'étais heureux de le retrouver. Je le suivais, mais il ne se retournait jamais et je ne pouvais pas voir son visage. L'idée de tuer des animaux ne me plaisait pas du tout. Papa m'envoyait en éclaireur à travers des champs immenses où s'élevaient de hautes herbes que le vent faisait bouger. Je devais avancer en tapant dans mes mains pour que les tourterelles s'envolent, alors il leur tirait dessus avec son fusil. Pour empêcher ce massacre, j'avançais le plus lentement possible. Quand je laissais filer un lapin entre mes jambes, mon père me traitait de bon à rien juste capable de lever le mauvais gibier.

C'est cette phrase qui m'a fait comprendre, dans mon rêve, que cet homme au loin n'était pas mon père mais celui de Marquès. Je me trouvais à la place de mon ennemi, et ce n'était pas une sensation agréable du tout.

Bien sûr, j'étais plus grand et je me sentais plus fort que d'habitude, mais je ressentais une profonde tristesse, comme si un grand chagrin m'avait envahi.

Après la chasse, nous sommes rentrés dans une maison qui n'était pas la mienne. Je me suis retrouvé assis à la table du dîner, le père de Marquès lisait son journal, sa mère regardait la télévision, personne ne s'adressait la parole. Chez nous, on parlait beaucoup à table ; quand papa était là, il me demandait comment s'était passée ma journée, et, depuis son départ, maman me questionnait à sa place. Mais les parents de Marquès se moquaient bien de savoir s'il avait fait ses devoirs. J'aurais pu trouver

ça épatant, en fait c'était tout le contraire, et j'ai compris d'où venait cette peine soudaine ; même si Marquès était mon ennemi, j'étais triste pour lui, triste de l'indifférence qui régnait dans sa maison.

Quand le réveil a sonné, j'étais en nage. Je me sentais aussi brûlant que les jours où j'ai de la fièvre, mais drôlement soulagé que tout ça n'ait été qu'un cauchemar.

Un grand frisson m'a parcouru et tout est redevenu normal. Ce matin-là, retrouver les murs de ma chambre a suffi à me rendre heureux. En faisant ma toilette, je me suis demandé si je devais raconter à ma mère ce qui m'arrivait. J'aurais voulu partager ce secret avec elle mais je devinais déjà sa réaction.

En descendant dans la cuisine je me suis précipité à la fenêtre. Le ciel était couvert, pas la moindre trace de bleu à l'horizon,

même pas de quoi tailler une culotte de marin comme disait mon père, quand il était obligé d'annuler sa partie de pêche. J'ai bondi sur la télécommande pour allumer la télé.

Maman ne comprenait pas pourquoi je m'intéressais autant à la météo. J'ai raconté que je préparais un exposé sur le réchauffement climatique et je lui ai demandé de bien vouloir me laisser écouter sans interrompre tout le temps la dame

qui annonçait qu'un front nuageux dû à une forte zone de dépression allait s'installer dans notre région pendant plusieurs jours. Moi aussi j'allais sacrément déprimer si le soleil ne revenait pas rapidement. Avec tous ces nuages, aucune chance de voir les ombres apparaître, impossible donc de rendre la sienne à Marquès…

J'ai pris mon cartable et suis parti à l'école, avec une boule au ventre. La seule chose dont j'étais certain, c'est que j'allais devoir apprendre à me servir de ce pouvoir magique, apprendre à dompter les ombres, ou au moins à bien m'entendre avec elles, et surtout à comprendre ce qu'elles attendaient de moi.

Et je ne savais pas encore que c'était le début d'une aventure incroyable qui allait bientôt changer ma vie.

**Le Petit Voleur d'ombres
t'attend déjà pour la suite
de ses aventures dans le tome 3 !**

Parution au printemps 2020